中国文学名家精品

Zhuxiang Shige Jingpin

朱湘诗歌精品

朱湘 著 李丹丹 主编

北方妇女儿童出版社

图书在版编目（CIP）数据

朱湘诗歌精品/朱湘著；李丹丹主编. —长春：
北方妇女儿童出版社，2015.1（2021.3重印）
（中国文学名家精品）
ISBN 978-7-5385-8151-5

Ⅰ．①朱… Ⅱ．①朱… ②李… Ⅲ．①诗集－中国－
现代 Ⅳ．①I226

中国版本图书馆CIP数据核字（2015）第007513号

朱湘诗歌精品
ZHU XIANG SHI GE JING PIN

出 版 人	刘　刚	
责任编辑	王天明	
开　　本	700mm×980mm　1/16	
印　　张	9	
字　　数	148 千字	
版　　次	2015 年 5 月第 1 版	
印　　次	2021 年 3 月第 3 次印刷	
印　　刷	固安县云鼎印刷有限公司	
出　　版	北方妇女儿童出版社	
发　　行	北方妇女儿童出版社	
地　　址	长春市福祉大路 5788 号	
电　　话	总编办：0431-81629600	
定　　价	26.80 元	

前　言

习近平总书记在文艺座谈会上指出，繁荣文艺创作、推动文艺创新，必须要有大批德艺双馨的文艺名家。我国作家艺术家应该成为时代风气的先觉者、先行者、先倡者，要通过更多有筋骨、有道德、有温度的文艺作品，书写和记录人民的伟大实践、时代的进步要求，彰显信仰之美、崇高之美。

是的，当历史跨入21世纪的新时代，我们党发出了实现中国梦的伟大号召，掀起了轰轰烈烈的复兴中国文化的运动。这就要求我们站在时代的前沿，薪火相传，一脉相承，弘扬中国有史以来优秀的、光明的、先进的、科学的、文明的文化，融合古今中外一切文化精华，构建具有中国特色的现代民族文化，向世界和未来展示中华民族的文化力量、文化价值与文化风采。

就文学创作而言，就是广大作家要接过近现代中国文学名家传递的笔墨圣火，照亮时代的道路，创造文学的繁荣；广大读者则应吸收近现代中国文学的精神力量，认识过去的时代，投身当代的建设。总之，中国的复兴需要大家添光加彩！

回首上世纪初，中国掀起了伟大的反帝反封建的民族解放运动，广大作家以此为崇高历史使命，把文字作为投枪匕首，走在时代最前列，创作了大量优秀的文学作品，发出了代表时代最强音的呐喊，振聋发聩，唤醒广大人民群众，开创了新文化运动，创造了现代文学。

中国现代文学是指用现代文学语言与文学形式，表达中国现代思想、感情、心理的文学，是在"五四"新文化运动影响下，广泛接受外国文学影响而形成的新兴文学，产生了极大的历史推动作用。

在新文化运动推动下，广大作家汲取中外文学营养，形成了新的文学形态。他们不仅用白话语言表现现代科学民主思想，而且在艺术形式与表现手法上对传统文学进行深入革新，创建了新的文学体裁。在叙述角度、抒情方式、描写手段以及结构组成等方面，都有全新创造，极具现代特色，成为真正现代意义上的文学。

中国现代文学的主流是人民的文学，广大作家深入火热的战斗生活中，极大加强了文学与民众的结合，文学与进步的社会思潮及民族解放、革命运动的自觉联系，这构成了中国现代文学的基本历史特征与传统。此时的文学，以表现普通民众生活、改造国民性格和社会人生为根本任务。

中国现代文学早期的发展，是在广大作家吸取外来文学营养使之民族化并继承民族传统使之现代化的过程中奠定基础的。对于如何正确对待传统文化与西方外来文化的问题，他们打破了抱残守缺的国粹主义思想，进行了彻底革新，曾对西方各个历史时期的文艺思潮、文学流派，包括各种文学形式、表现手法等，进行了全面介绍与广泛吸收，同时对我国传统文学遗产也进行了重新评价。这对促进思想与艺术的解放，促进文学的现代化，起到了重要作用，从而形成了现代文学的繁荣局面，促进了广大民众的觉醒。

接过20世纪中国文学作家的思想圣火，实现新时代民族文化复兴的中国梦，这是广大作家和读者义不容辞的神圣职责。为此，我们从诗歌、散文、小说三大文学体裁着手，特别编辑了这套《中国文学名家精品》，精选了许多文学名家的精品力作，代表了中国20世纪文学的高度，具有极强的权威性、可读性和艺术性。

这些文学名家，都是中国20世纪现代文学的开拓者和各种文学形式的集大成者，他们的作品来源于他们生活的时代，是那个时代社会生活的缩影，包含了作家本人对社会、生活的体验与思考，影响着社会的发展进程，具有永恒的魅力。他们是我们心灵的工程师，能够指导我们的人生发展，对于复兴中国文化具有深远的启迪作用。

作者简介

朱湘（1904—1933）字子沅，原籍安徽，生于湖南沅陵。我国现代著名诗人，一生致力探索我国新诗创作和外国诗歌的译介。

朱湘自幼天资聪颖，6岁时开始读书，7岁学作文，11岁入小学，13岁就读于南京第四师范附属小学。1919年，入南京工业学校预科学习一年，受《新青年》的影响，开始赞同新文化运动。1920年，进入清华大学，参加清华文学社活动。1922年，开始在《小说月报》上发表新诗，并加入文学研究会。此后他专心于诗歌创作和翻译，同年在《小说月报》第一次发表新诗。

1925年，朱湘出版第一本诗集《夏天》。1926年，他自办刊物《新文》，只刊载自己创作的诗文及翻译的诗歌，并自己发行。后因经济拮据，只发行了两期。1926年，与人合办《晨报·诗镌》。1927年9月，去美国留学。留学期间，他先后在威斯康星州劳伦斯大学、芝加哥大学、俄亥俄大学学习英国文学等课程。

1929年8月，朱湘回国，应聘到安庆安徽大学任英国文学系主任，1932年夏天辞职。后飘泊辗转于北平、上海、长沙等地，以写诗卖文为生。因生活窘困，愤懑失望，朱湘于1933年12月5日晨在上海开往南京的船上投江自杀。

朱湘的诗"重格律形式，诗句精练有力，庄肃严峻，富有人生哲学的观念，字少意远"。其中，他的代表作《有忆》更是做到了闻一多所提出的"三美"主张——音乐美，绘画美，建筑美。朱湘还写过不少散文随笔、诗歌批评，翻译介绍了不少外国名诗。

朱湘是一个极力主张新诗是可以歌唱的人，所以他的诗，音节方面大都有异常的成功，颇具音律之美，譬如他的《摇篮歌》。

朱湘的著作还有《有一座坟墓》《葬我》《雉夜啼》《梦》《序诗》《永言集》《中书集》《文学闲谈》《海外寄霓君》《朱湘书信集》《路曼尼亚民歌一斑》《英国近代小说集》《芭乐集》《番石榴集》等。

朱湘是一个性格独特、对艺术充满执着的诗人。

他去世后，被著名作家鲁迅称之为中国的济慈。著名作家罗念生说："英国的济慈是不死的，中国的济慈也是不死的。"

朱湘 诗歌精品

【目录】

朱湘【目录】

第三辑

朱湘
诗歌精品【目录】

朱湘

诗歌精品

第一辑

废 园

有风时白杨萧萧着，
无风时白杨萧萧着，
萧萧外更听不到什么；

野花悄悄的发了，
野花悄悄的谢了，
悄悄外因里更没什么。

迟 耕

蓑衣斗篷放在田坎上，
——柳花飞了！
"牛，乖乖的让我安上犁，
你好吃肥肥的稻秸。"
她埋在屋后吧：
他的阴魂也安稳些
宝宝们怎么？……
"牛，用力拖呵。"
颈子后面冰冷的，
——并不是汗？——
田那头走近好大一团乌云
披起蓑衣，戴上斗篷吧。
"牛呵，快犁！
那不是秧鸡的声音？"

宁静的夏晚

黑树影静立在灰色晚天的前面，
哑哑争枝的鸟啼已经倦的低下去了。
炊烟炉香似的笔直升入空际，
远田边农夫的黑影扛着锄头回来了。

这时候诗人虔诚的走到郊外，
来接受静默赐给他的诗思；
伊们是些跳动的珠形小白环，
他慢慢的将伊们绣在晚天的黑色薄纱上了。

等了许久的春天

我仿佛坐在一只船上，
摇过了灰白单调的荒岸，
现在淌入一片鸟语花香的境地；
我的船仿佛并未前进，
只看见两行绿柳伸过来，
一霎时将我抱进了伊的怀里。

北地早春雨霁

太阳只是灰云上一个白盘罢了，
他的光明却浸透了清朗的空中，
反映在地上雨水凹的上面。
黑干赭条的柳树安闲的立着，
仿佛等候着什么似的。
远近四处听到无数争喧的鸟声，
河水也活活起来了。

寄一多基相

我是一个惫殆的游人，
蹒跚于旷漠之原中，
我形影孤单，挣扎前进，
伴我的有秋暮的悲风。

你们的心是一间茅屋，
小窗中射出友谊的红光；
我的灵魂呵，火边歇下罢，
这下是你长眠的地方。

回　忆

纸窗下恬静的油灯，
室腰明，顶作圆形
灯罩边仰首青年
神游于圆影的中心。

铮铮的吆呼远闻；
上房中假哭着阿鲲；
晚饭菜厨下炒着，
好一片有望的声音。

——那时间无虑无忧，
如今呵变了逃囚。
但仍亮你的，油灯，
你的圆仍可神游。

南　归

我是一只孤独的雁雏，
朔方冰雪中我冻的垂死；
忽然一晨亮起友情的春阳，
将我已冷的赤心又复暖起，

我的双翼回温而有力，
仿佛雪中人入了炭盆的室中；
已毙的印象复活于眼前，
有如走马灯上的人物憧憧。

我还不乘此奋飞而南，
飞回我梦中不敢思念的家乡？
虽说早春还有吼空的刀风，
那痛快之死不比这郁结之生远强？

许久朋友们一片好意，
他们劝我复进玉琢的笼门，
他们说带我去见济的莺儿，
以纠正我尚未成调的歌声；

殊不知我只是东方一只小鸟，
我只想见荷花阴里的鸳鸯，
我只想闻泰岳松间的白鹤，
我只想听九华山上的凤凰。

北地的玄冰吸尽我的热力，
我更无力量去大气里遨游；
在江南我虽或仍无奋飞的羽毛，
江南本身就是一片如梦的温柔。

江南的山鲜艳如出浴的美人，
这里的永远披着灰土的旧衣；
江南的水仿佛高笑的群儿，
这里的只是一人赢童寂寞的独嬉。

江南夏日有楼阴下莫愁湖荷，
一足的白鹭立于柳岸的平沙，
蝉声度过湖水，声音柔了：
归去罢！江南正是我的故居家

江南秋天有遮檐的桂树，
争蜜的蜂声仍噪于黄花这丛间；
江南冬季有浮于溪面的梅馨：

归去罢！江南正是我的故园。

和暖的春阳在江南留恋，
有如含情之倩女莲步舒徐；
伊在这里迫于狂途般匆匆归去，
随了伊归去罢！江南正是我的故居。

岁月流的真快，转瞬又到炎夏，
归去同游罢！艺术的燕燕，
归去同游罢！雏鹰与慈乌：
这地方不可久恋……

霁雪春阳颂

（甲子开岁二日，得雪，雪晴赋此）

雪的尸布将过去掩藏，
现在天东升上了朝阳，
看那！黄金染遍了千家白屋顶上；
瑶林里百鸟欢唱，
听那！万里内迎神的鞭炮齐扬！

热　情

忽然卷起了热情的风飙，
鞭挞着心海的波浪，鲸鲲；
如电的眼光直射进玄古；
更有雷霆作嗓，叫入无垠。

我们问：为什么星宿万千，
能够亘古周行，不相妨碍？
吸力，是吸力把它们牵住——
吸力中最强的岂非恋爱？

这无爱的地球罪已深重，
除去毁灭之外没有良方。
我们把它一脚踢碎之后，
展开双翼在大气内翱翔。

我们的热情消融去冰冻，
苏醒转月宫的白兔，桂花，
我们绑起斫情根的吴刚，
一把扔去填天狼的齿牙。

我们发出流星的白羽箭，
射死丑的蟾蜍，恶的天狗。
我们挥彗星的筱帚扫除，
拿南箕撮去一切的污朽。

我们把九个太阳都挂起，
一个正中，八个照亮八方：
我们要世间不再寒冷，
我们要一切的黑暗重光。

我们拿北斗酌天河的水，
来庆贺我们自己的成功。
在河水酌饮完了的时候，
牛郎同织女便永远相逢。

欢乐在我们的内心爆裂，
把我们炸成了一片轻尘，
看那像灿烂的陨星洒下，
半空中弥漫有花雨缤纷！

红 豆

在发芽的春天，
我想绣一身衣送怜，
　上面要挑红豆，
还要挑比翼的双鸯——
　但是绣成功衣裳，
　已经过去了春光。

　在浓绿的夏天，
我想折一枝荷赠怜，
　因为我们的情
同藕丝一样的缠绵——
　谁知道莲子的心
　尝到了这般苦辛？

在结实的秋天，
我想拿下月来给怜，
代替她的圆镜
映照她如月的容颜——
可惜月又有时亏，
不能常傍着绣帏。

如今到了冬天，
我一物还不曾献怜，
只余老了的心，
像列烬明暗在灰间，
被一阵冰冷的风
扑灭得无影无踪！

少年歌

　　我们是小羊，
跳跃过山坡同草场，
　　提起嗓子笑，
　　撒开腿来跑：
活泼是我们的主张。

　　我们是山泉，
白云中流下了高岸；
　　谁作泾的溷？
　　流成渭的清，
才不愧我们的真面。

　　我们恨暮气，
恨一切衰朽的东西。

我们要永远，
热烈同勇敢，
直到死封闭起眼皮。

我们是新人，
我们要翻一阕新声。
来呀，搀起手，
少年歌在口，
同行入灿烂的前程！

催妆曲

醒呀，从睡乡醒回，
晨鸡声呖呖在相催。
看呀，鸽子起来了。
她们在碧落里翻飞。

霞织的五彩衣裳
悬挂在弯弯月钩上；
日神也捧着金镜，
等候你起来梳早妆。

画眉在杏枝上歌：
画眉人不起是因何？
远峰尖滴着新黛，
正好蘸来描画双蛾。

杨柳的丝发飘扬，
她对着如镜的池塘；
百花是薰沐已毕，
她们身上喷出芬芳。

起呀！趁草际珠垂，
春莺儿衔了额黄归，
赶快拿妆梳理好。
起呀！鸡声都在相催！

哭孙中山

猩红的血辉映着烈火浓烟；
一轮白日遮在烟雾的后边；
杀气愁云弥漫了太空之内，
五岳三河上已经不见青天。

革命之旗倒在帝座的前方，
帝座上高踞着狞笑的魔王；
志士的头颅替他垒成脚垫，
四海哀呼，同声把圣德颂扬！

国体上的革命未能作到底，
便转过来革命自家的身体；
那知病魔的毒与恶魔相同，
我国的栋梁遂此一崩不起。

谁说他没有遗产传给后人？
他有未竟之业让大家继承。
他留下玻璃棺样明的人格；
他留下肝癌核样硬的精神。

让伟大的钟山给他作丘陇，
让深宏的江水给他鸣丧钟。
让他为国事疲劳了的筋骨
永息于四十里围的佳城中。

哭罢：因为我们的国医已亡。
此后有谁来给我们治创伤？
病夫！你瞧国医都死于赘疣，
何况你的身边有百孔千疮？

哭罢！让我们未亡者的哭声
应答着郊野中战鬼的哀音。
哭罢！因为镇鬼的钟馗已丧，
在昆仑山下魑魅更要横行。

但停住哭！停住五族的歔欷！
听那：黄花岗上扬起了悲啼！
让死者的英灵去歌悼死者，
生人的音乐该是战鼓征鼙！

停住哭！停住四百兆的悲伤！
看那：倒下的旗已经又高张！
看那：救主耶稣走出了坟墓，
华夏之魂已到复活的辰光！

残 灰

炭火发出微红的光芒，
一个老人独坐在盆旁，
这堆将要熄灭的灰烬，
在他的胸里引起悲伤——
　　火灰一刻暗，
　　火灰一刻亮，
　　火灰暗亮着红光。

童年之内，是在这盆旁，
靠在妈妈的怀抱中央，
栗子在盆上哗吧的响，
一个，一个，她剥给儿尝——
　　妈哪里去了？
　　热泪满眼眶，

盆中颤摇着红光。

到青年时，也是这盆旁，
一双人影并映上高墙，
火光的红晕与今一样，
照见他同心爱的女郎——
　　竟此分手了，
　　她在天那方？
　　如今也对着火光？

到中年时，也是这盆旁，
白天里面辛苦了一场，
眼巴巴的望到了晚上，
才能暖着火喝口黄汤——
　　妻子不在了，
　　儿女自家忙，
　　泪流瞧不见火光。

如今老了，还是这盆旁，
一个人伴影住在空房，
他趁着残灰没有全暗，
挑起炭火来想慰凄凉——
　　火终归熄了。
　　屋外一声梆，
　　这是起更的辰光。

弹三弦的瞎子

城市寂寥的初夜，
他的三弦响过街中。
是一种低抑的音调，
疲倦的申诉着微衷。

路灯黄色的光下，
有幻异的长影前横；
说不定他未觉到罢，
也说不定跟前一明。

寒气无声的拥来，
围起他单薄的衣裳，
他趁着心血尚微温，
弹出了颤鸣的声浪。

三弦抖动而鸣恎，
哀鸣出游子的心胸。
无人见的暗里飘来，
无人见的飘入暗中。

朱湘

诗歌精品

【第二辑】

端　阳

满城飘着艾叶的浓香；
两把菖蒲悬挂在门旁，
它们的犀利有如宝剑，
为要镇防五毒的猖狂。

这天酒里面都放雄黄，
家家无老少都拿酒尝；
儿童的额上画着王字；
唱不完的酒洒满一房。

孩子们穿着老虎衣裳，
粽子呀粽子，尽是呼娘，
娘，你带我瞧划龙船去，
好容易今天到了端阳！

日　色

灿烂呀
　金黄的夕阳：
云天上幻出扇形，
仿佛羲和的车轮
　慢慢的
　沉没下西方。

秀苗呀
　嫩绿的晚空：
这时候雨阵刚过，
槐林内残滴徐堕，
　有暮蝉
　嘶噪着清风。

富丽呀
猩红的朝暾：
绛霞铺满了青天，
晓风吠过树枝间
露珠儿
摇颤着光明。

奇幻呀
善变的夕霞：
它好像肥皂水泡
什么颜色都变到，
又像秋，
染遍了枝桠。

苍凉呀
大漠的落日：
笔直的烟连着云，
人死了战马悲鸣，
北风起，
驱走着砂石。

阴森呀
被蚀的日头：
一圈白咬着太阳，
天同地漆黑无光，
只听到
鼓翼的鸥鹣。

眼　珠

蝶翼上何以有双瞳？

雀尾上何以生眼睛？

谁知道？

谁知道

她的眼珠呀

何以像明月在潭心？

光明的一生

我与光明一同到人间，
　　光明去了时我也闭眼：
　　光明常照在我的身边。

太阳升上时我已起床，
　　我跟它落进睡眠的浪：
　　太阳照我在生动中央。

圆月在夜里窥于窗隙，
　　缺月映着坟上草迷离：
　　月光照我一生的休息。

扪　心

唯有夜半，

人间世皆已入睡的时光，

我才能与心相对，

把人人我我细数端详。

白昼为虚伪所主管，

那时，心睡了，

在世间我只是一个聋盲；

那时，我走的道路

都任随着环境主张。

人声扰攘，不如这

一两声狗叫汪汪——

至少它不会可亲反杀，

想诅咒时却满口褒扬！

最可悲的是

众生已把虚伪遗忘；

他们忘了台下有人牵线，

自家是傀儡登场；

笑、啼都是环境在撮弄，

并非发自他的胸膛。

这一番体悟

我自家不要也遗忘……

听，那邻人在呓语；

他又何尝不曾梦到？

只是醒来时

便抛去一旁！

夜 歌

唱一支古旧，古旧的歌……
　　　朦胧的，在月下，
　　回忆，苍白着，远望天边
　　　不知何处的家……

　　说一句悄然，悄然的话……
　　　有如漂泊的风。
　　不知怎么来的，在耳语，
　　　对了草原的梦……

　　落一滴迟缓，迟缓的泪……
　　　与露珠一样冷，
　　在衣衿上，心坎上，不知
　　　何时落的，无声……

棹 歌

水 心

仰身呀桨落水中，对长空；俯首呀双桨如翼，鸟凭风。

头上是天，水在两边，更无障碍当前。

白云驶空，鱼游水中，快乐呀与此正同。

岸 侧

仰身呀桨落水中，对长空；俯首呀双桨如翼，鸟凭风。

树有浓阴，葭苇青青，野花长满水滨。

鸟啼叶中，鸥投苇丛，蜻蜓呀头绿身红。

风　朝

仰身呀桨落水中，对长空；俯首呀双桨如翼，鸟凭风。
白浪扑来，水雾拂腮，天边布满云霾。
船晃的凶，快往前冲，小心呀翻进波中。

雨　天

仰身呀桨落水中，对长空；俯身呀双桨如翼，鸟凭风。
雨丝像帘，水涡像钱，一片白色的烟。
雨势偶松，暂展朦胧，瞧见呀青的远峰。

春　波

仰身呀桨落水中，对长空；俯身呀双桨如翼，鸟凭风。
鸟儿高歌，燕儿掠波，鱼儿来往如梭。
白的云峰，青的天空，黄金呀日色融融。

夏　荷

仰身呀桨落水中，对长空；俯身呀双桨如翼，鸟凭风。
荷花的香，缭绕船旁，轻风飘起衣裳。
菱藻重重，长在水中，双桨呀欲举无从。

秋　月

仰身呀桨落水中，对长空；俯身呀双桨如翼，鸟凭风。
月在上飘，船在下摇，何人远处吹箫。
芦荻丛中，吹过秋风，水蚓呀着寒蛩。

冬 雪

仰身呀桨落水中，对长空；俯身呀双桨如翼，鸟凭风。

雪花轻飞，飞满山隈，飞上树枝上垂。

到了水中，它却消溶，绿波呀载过渔翁。

还 乡

暮秋的田野上照着斜阳，
长的人影移过道路中央；
干枯了的叶子风中叹息，
飘落在还乡人旧的军装。
哇的一只乌鸦飞过人头；
鸦雏正在那边树上啁啾，
他们说是巢温，食粮也有，
为何父亲还在外边飘流？
火星与白烟向灶突上腾，
屋中响着一片切菜声音，
饭的浓香喷出大门之外，
看着家的妇女正等归人。
他的前头走来一个牧童，
牵着水牛行过道路当中，

牧童瞧见他时，一半害怕
一半好奇似的睁大双瞳。
他想起当初的年少儿郎，
弯弓跑马，真是意气扬扬；
他们投军，一同去到关外，
都化成白骨死在边疆。

一个庄家在他身侧过去，
面庞之上呈着一团乐趣；
瞧见他的时候却皱起眉，
拿敌视的眼光向他紧觑。
这也难怪，二十年前的他
瞧见兵的时候不也咬呀？
好在明天里面他就脱下，
脱下了军服来重作庄家。

青色的远峰间沉下太阳，
只有树梢挂着一线红光；
暮烟泛滥平了谷中，田上，
虫的声音叫得游子心伤。

看哪，一棵白杨到了眼前，
一圈土墙围在树的下边；
虽说大门还是朝着他闭，
欢欣已经涨满他的心田。

他想母亲正在对着孤灯，
眼望灯花心念远行的人；
父亲正在瞧着茶叶的梗，
说是今天会有贵客登门。

他记起过门才半月的妻，
记起别离时候她的悲啼；

说不定她如今正在奇怪
为何今天尽是跳着眼皮。
想到这里时候一片心慌，
悲喜同时泛进他的胸膛，
他已经瞧不见眼前的路，
二十年的泪呀落下眼眶！

二

大门外的天光真正朦胧，
大门里的人也真正从容，
剥啄，剥啄，任你敲的多响，
你的声音只算敲进虚空。
一条狗在门内跟着高叫，
门越敲得响时狗也越闹；
等到人在外面不再敲门，
里面的狗也就停止喧噪。
谁呀？里面一丝弱的声浪
响出堂屋，如今正在阶上。
谁呀？外边是否投宿的人？
还是哪位高邻屈驾光降？
娘呀，是我，并非投宿的人；
我们这样贫穷哪有高邻？
（娘年老了，让我高声点说：）
我呀，我呀，我是娘的亲生！
儿吗？你出门了二十多年，
哪里还有活人存在世间？
哦，知道了，但娘穷苦的很，

哪有力量给你多烧纸钱？

儿呀，自你当兵死在他乡，

你的父亲妻子跟着身亡；

儿呀，你们三个抛得我苦，

留我一人在这世上悲伤！

娘呀，我并不是已亡的人！

你该听到刚才狗的呼声，

我越敲门它也叫得越响，

慢悠悠的才是叫着鬼魂。

儿呀，不料你是活着归来，

可怜媳妇当时吞错火柴！

儿呀，虽然等到你回乡里，

我的眼睛已经不得睁开！

让我拿起手来摸你一摸——

为何你的脸上瘦了许多？

儿呀，你听夜风吹过枯草，

还不走进门来歇下奔波？

柴门外的天气已经昏沉，

天空里面不见月亮与星，

只是在朦胧的光亮之内

瞧见草儿掩着两个荒坟。

梦

这人生内岂唯梦是虚空？
人生比起梦来有何不同？
你瞧富贵繁华入了荒冢；
梦罢，
做到了好梦呀味也深浓！
酸辛充满了这人世之中，
美人的脸不常春花样红，
就是春花也怕飞霜结冻；
梦罢，
梦境里的花呀没有严冬！
水样清的月光漏下苍松，
山寺内舒徐的敲着夜钟，
梦一般的泉声在远方动；
梦罢，

月光里的梦呀趣味无穷！
酒样酽的花香熏得人慵，
蜜蜂在花枝上尽着嘤嗡，
一阵阵的暖风向窗内送；
梦罢，
日光里的梦呀其乐融融！
茔圹之内一点声息不通，
青色的圹灯光照亮朦胧，
黄土的人马在四边环拱；
梦罢，
坟墓里的梦呀无尽无终！

春　歌

不声不响的认输了，冬神

收敛了阴霾，休歇了凶狠……

嘈嘈的，鸟儿在喧闹——

一个阳春哪，要一个阳春！

水面上已经笑起了一涡纹；

已经有蜜蜂屡次来追问……

昂昂的，花枝在瞻望——

一片瑞春哪，等一片瑞春！

好像是飞蛾在焰上成群，

剽疾的情感回旋得要晕……

纠纠的，人心在颤抖——

一次青春哪，过一次青春！

答 梦

我为什么还不能放下？
因为我现在漂流海中，
你的情好像一粒明星
垂顾我于澄静的天空，
吸起我下沉的失望，
令我能勇敢的前向。

我为什么还不能放下？
是你自家留下了爱情，
他趁我不自知的梦里
顽童一样搬演起戏文——
我真愿长久在梦中，
好同你长久的相逢！

我为什么还不能放下？
我们没有撒手的辰光，
好像波圈越摇曳越大，
虽然堤岸能加以阻防，
湖边柳仍然起微颤，
并且拂柔条吻水面。

情随着时光增加热度，
正如山的美随远增加；
棕榈的绿阴更为可爱
当流浪人度过了黄沙；
爱情呀，你替我回话，
我怎么能把她放下？

摇篮歌

春天的花香真正醉人，
一阵阵温风拂上人身，
你瞧日光它移多慢，
你听蜜蜂在窗子外哼：
睡呀，宝宝，
蜜蜂飞真轻。

天上瞧不见一颗星星，
地上瞧不见一盏红灯；
什么声音也都听不到，
只有蚯蚓在天井里吟：
睡呀，宝宝，
蚯蚓都停了声。

一片片白云天空上行，
像是些小船飘过湖心，
一刻儿起，一刻儿又沉，
摇着船舱里安卧的人：
睡呀，宝宝，
你去跟那些云。

不怕它北风树枝上鸣，
放下窗子来关起房门；
不怕它结冰十分寒冷，
炭火生在那白铜的盆：
睡呀，宝宝，
挨着炭火的温。

小 河

白云是我的家乡，
松盖是我的房檐。
父母，在地下，我与兄姊
并流入辽远的平原。

我流过宽白的沙滩，
过竹桥有肩锄的农人；
我流过俯岩的面下，
他听我弹幽涧的石琴。

有时我流的很慢，
那时我明镜不殊，
轻舟是桃色的游云，
舟子是披蓑的小鱼；

有时我流的很快，
那时我高兴的低歌，
人听到我走珠的吟声，
人看见我起伏的胸波。

烈日下我不怕燥热：
我头上是柳荫的青帷；
旷野里我不愁寂寞：
我耳边是黄莺的歌吹。

我掀开雾织的白被，
我披起红彀的衣裳，
有时过一息轻风，
纱衣玳帘般闪光。

我有时梦里上天，
伴着月姊的寂寥；
伊有水晶船素心
吸我腾沸的爱潮。

草妹低下头微语：
"风姊送珠衣来了。"
两岸上林语花吟
赞我衣服的美好。

为什么苇姊矮了？
伊低身告诉我春归。

有什么我可以报答？
赠伊件嫩绿的新衣。

长柳丝轻扇荷风，
绿纱下我卧看云天：
蓝澄澄海里无波，
徐飘过突兀的冰山。

西风里燕哥匆别，
来生约止不住柳姊的凋丧。
剩疏疏几根灰发，
——云鬓？我替伊送去了南方。

我流过四季，累了，
我的好友们又都已凋残，
慈爱的地母怜我，
伊怀里我拥白絮安眠。

采莲曲

小船呀轻飘，
杨柳呀风里颠摇；
荷叶呀翠盖，
荷花呀人样娇娆。
日落，
微波，
金丝闪动过小河。
左行，
右撑，
莲舟上扬起歌声。

菡萏呀半开，
蜂蝶呀不许轻来，
绿水呀相伴，

清净呀不染尘埃。

溪涧，

采莲，

水珠滑走过荷钱。

拍紧，

拍轻，

桨声应答着歌声。

藕心呀丝长，

羞涩呀水底深藏；

不见呀蚕茧

丝多呀蛹裹中央？

溪头，

采藕，

女郎要采又夷犹。

波沉，

波生，

波上抑扬着歌声。

莲蓬呀子多：

两岸呀榴树婆娑，

喜鹊呀喧噪，

榴花呀落上新罗。

溪中，

采莲，

耳鬓边晕着微红。

风定，

风生，

风飔荡漾着歌声。

升了呀月钩，
明了呀织女牵牛；
薄雾呀拂水，
凉风呀飘去莲舟。
花芳，
衣香，
消融入一片苍茫；
时静
时闻，
虚空里袅着歌音。

葬 我

葬我在荷花池内，
耳边有水蚓拖声，
在绿荷叶的灯上
萤火虫时暗时明——

葬我在马缨花下，
永做着芬芳的梦——
葬我在泰山之巅，
风声呜咽过孤松——

不然，就烧我成灰，
投入泛滥的春江，
与落花一同漂去
无人知道的地方。

昭君出塞

琵琶呀，伴我的琵琶：
趁着如今人马不喧哗，
只听得啼声答答，
我想凭着切肤的指甲
弹出心里的嗟呀。

琵琶呀，伴我的琵琶：
这儿没有青草发新芽，
也没有花枝低桠；
在敕勒川前，燕支山下，
只有冰树结琼花。

琵琶呀，伴我的琵琶：
我不敢瞧落日照平沙，

雁飞过暮云之下，
不能为我传达一句话
到烟霭外的人家。

琵琶呀，伴我的琵琶：
记得当初被选入京华，
常对着南天悲咤：
那知道如今去朝远嫁，
望昭阳又是天涯。

琵琶呀，伴我的琵琶：
你瞧太阳落下了平沙，
夜风在荒野上发，
与一片马嘶声相应答，
远方响动了胡笳。

朱湘

诗歌精品

【第二辑】

雨　景

我心爱的雨景也多着呀：

春夜春梦时窗前的淅沥；

急雨点打上蕉叶的声音；

雾一般拂着人脸的雨丝；

从电光中泼下来的雷雨——

但将雨时的天我最爱了。

它虽然是灰色的却透明；

它蕴着一种无声的期待。

并且从云气中，不知哪里，

飘来了一声清脆的鸟啼。

有一座坟墓

有一座坟墓，
坟墓前野草丛生
有一座坟墓，
风过草像蛇爬行。

有一点萤火，
黑暗从四面包围
有一点萤火
映着如豆的光辉。

有一只怪鸟，
藏在巨灵的树荫
有一只怪鸟
作非人间的哭声

有一钩黄月，

在黑云之后偷窥

有一钩黄月

忽然落下了山隈。

雌夜蹄

月呀，你莫明，
莫明于半虚的巢上；
我情愿黑夜
来把我的孤独遮藏。

风呀，你莫吹，
莫吹起如叹的叶声：
我怕因了冷
回忆到昔日的温存。

露水滴进巢，
我的身上一阵寒栗
猎人呀，再来：
我的生趣已经终毕！

有 忆

淡黄色的斜晖
转眼中不留余迹。
一切的扰攘皆停，
一切的喧嚣皆息。

入了梦的乌鸦
风来时偶发喉音；
和平的无声晚汐，
已经淹没了全城。

路灯亮着微红，
苍鹰飞下了城堞，
在暮烟的白被中
紫色的钟山安歇。

寂寥的街巷内，
王侯大第的墙阴，
当的一声竹简响，
是卖元宵的老人。

猫　诰

有一只老猫十分的信神，
连梦里他都咕哝着念经。
想必是夜中捉老鼠太累，
如今正午了都还在酣睡。
幸亏他的公子过来呼唤，
怕父亲错过了鱼拌的饭。
他爬起来把身子摇几摇，
耸起后背伸了一个懒腰；
他的生性是极其爱清洁，
他拿一双手掌洗脸不歇。
现在离用膳还有半小时。
他想，教完子再去也不迟。
他吩咐小猫侍坐在堂下，
便正颜厉色的开始说话：

仁儿，你已到了及冠之年，
有光明的未来在你面前，
父总是希望子光大家门，
何况我猫家本来有名声？
我自惭一生与素餐为伍，
我如今只望你克绳祖武，
令我猫氏这大家不中落，
那我在泉下听了也快活。

第一我要谈猫氏的支分，
这些话你听了务必书绅：
我姓之起远在五千年上，
那时候三苗对尧舜反抗，
三苗便是我猫家的始祖，
他是大丈夫，不屈于威武。
但拿西方的科学来证明，
那猫姓的玄古更令人惊：
地质家说是我猫姓之起
离现在已经有五万世纪；
并且威名震四方的山王
都是我猫家的一个同房。
还有一别支是猫头鹰公，
他同我家祖上是把弟兄。
他们所以会结成了金兰，
是因眼睛同样的大而圆。
他在中州时郁郁不得意，
被一班迷信的人所远避，
气得追踪征西的班定远，
跑去了西域之西的雅典，

在那地方他的运气真好，
被主城的女神封作智鸟。
常言道东西的民族同源，
瞧我姓的沿革知非虚言。

我姓因为从三苗公起头
便同中国的帝王结了仇，
所以一直皆是卷而藏之，
将不求闻达的宗旨坚持。

猫家人才算得天之骄子，
那班白种人何足以语此：
因为他们把时计制造成，
不过是近百年来的事情，
但我们在这五百万年中
一直是用着计时的双瞳。
至于我猫家人蓄的短髭——
（说时候他摸嘴边的几丝，
仁儿也捏着新留的数根，
以表示自家是少年老成）
更算得一切医药的滥觞，
神农学了乖去便成帝王。
吁，小子！尔其慎志父之言，
庶先王之丕烈藉兹流传——

说到了此处时忽闻声响，
他停住了口不再朝下讲；
他的两眼中放射出光明，
屏着呼吸，不吐一丝声音。
有如，电光忽然照亮天空，
接着黑云又把天宇密封。

震撼全球的雷一声爆炸，
把摩云的古木立时打下：
同样，老猫跳去了箱子边。
一条老鼠已衔在牙缝间。

　等到整条老鼠已经吞尽。
他又向着仁儿开始教训：
我猫家人个个谙习韬略，
只瞧我刚才的出如兔脱。
须知强权是近代的精神，
谈揖让便不能适者生存。
孔子虽曾三月不知肉味，
佛虽言杀生于人道有悖，
但是西方的科学在最近，
证明了肉质富有维他命。
并且受人之禄者忠其主，
家主养我们本来为擒鼠，
因为鼠虽然怕我们捉拿，
讲卫生的人类却极怕他。
我们于人类这般有功劳，
不料广东人居然会吃猫！
（注：不料精于味的广东人
居然赏识秀才变的酸丁。）
唉！负心的人今不少似古，
岂止是杀韩信的汉高祖？
所以我家主人如去广东，
那时候你切记着要罢工。

　话才说到这里，忽闻呼唤，
原来是厨娘请去用午膳。

老猫停止了训诲，站起身，
小猫也垂着头在后紧跟。

　　行不多时，已经到了厨房：
有火腿同腌鱼悬挂走廊，
靠墙摆设着水缸与鸡笼，
有些枯菜的须撒在院中；
公鸡在瞅天，小鸡在奔跳，
母鸡哼的歌儿拖着长调，
群鹅有的伸颈，有的踱步，
一条狗来往的闻个不住；
锅里的青菜正在争论忙；
院中弥漫着炖肉的浓香。

　　老猫真不愧为大腹将军，
折冲樽俎时特别有精神。
不幸他们饭才吃了一半，
便有那条狗来到了身畔，
他毫不作礼的将猫挤走，
片时间鱼饭都卷进了口。
老猫直气得将两眼圆睁，
他一壁向狗呼，一壁退身。
小猫也跟着退出战阵外，
他恭听老猫最后的诰诫：
有一句话终身受用不竭，
便是老子说的大勇若怯！

王　娇

一

上灯节已经来临，
满街上颤着灯的光明：
红的灯挂在门口，
五彩的龙灯抬过街心。

星斗布满了天空，
闪着光，也像许多灯笼。
灯烛光中的杨柳
白得与银丝的缕相同。

满城中锣鼓喧阗，
还有鞭爆声夹在中间，
　　游人的笑语嘈杂：
惊起了栖禽，飞舞高天。

　　黑暗里飘来花芳，
消溶进一片暖的衣香；
　　四下里钗环闪亮；
娇媚呈于喜悦的面庞。

　　听呀，听一声欢呼——
空中忽喷上许多白珠！
　　这是哪儿放焰火，
还是陨星飘洒进虚无？

　　是在周侯府前头
扎起了一座五彩牌楼，
　　灯笼各样的都有，
烛光要燃到天亮方休：

　　便是在这儿放花，
便是在这儿起的喧哗——
　　但是欢笑声忽静，
原来新的花又已高拿。

　　他们再也不想睡，
他们被节令之酒灌醉，
　　笑谑悬挂在唇边，

他们的胸中欢乐腾沸。

但是烛渐渐烧残，
人的喉咙也渐渐叫干；
在灯稀了的深巷
已有回家的取道其间。

这是谁家的女郎？
她的脚步为何这样忙？
原来不是独行的，
还有两个女伴在身旁。

她们何以这般快？
哦，原来在五十步开外
有两个男子紧跟：
险哪！这巷中别无人在！

咦，她们未免多心：
你瞧那两个紧跟的人
已经走上前面去——
不好了！他们忽然停身！

他们拦住了去道，
凶横的脸上呈出狡笑；
他们想女子可欺，
走上前去居然要搂抱。

女郎锐声的呼号，

但是沉默紧围在周遭，

　　一点回响也没有——

只听得远方偶起喧嚣。

　　她们定归要堕网：

你看奸人又来了同党。

　　两个她们已不支，

添上三个时何堪设想？

　　三人内一个领头，

烛光下显得年少风流；

　　他哪是什么狂暴，

他是个女郎心的小偷！

　　仆从听他的指挥，

不去那两人的后面迫，

　　只是恭敬的站着，

等候把三个女郎送回。

　　"姐姐们请别害怕——"

他还没有说完这句话，

　　就张了口停住：呀！

他遇到了今世的冤家！

　　正站在他的面前——

这是凡人呀还是神仙？——

　　是一个妙龄女子；

她的脸像圆月挂中天。

额角上垂着汗珠，
它的晶莹珍珠也不如；
面庞中泛着红晕，
好像鲛绡笼罩住珊瑚。

一双眼有夜的深，
转动时又有星的光明；
它们表现出欣喜，
表现出一团感谢的心。

"请问住在哪条街？
如何走进了这条巷来？
侥幸我刚才走过——
不送上府我决不离开。"

"这个是我的姨妹——"
她手指的女郎正拭泪；
"奇怪，不见了春香！"
春香原来躲在墙阴内。

好容易唤出巢窠，
出来时候仍自打哆嗦；
哭的女郎笑起来，
她的主人也面露微涡。

等到过去了惊慌，
又多嘴："我家老爷姓王。

这是曹家姨小姐。
这是一家都爱的姑娘。

两位姑娘要看灯，
大家都抢着想跟出门；
早知道现在如此，
当时我也不会去相争。

贵姓还不曾请教？"
"我家周侯府谁不知道？
今夜不是有放花？
那就是少爷使的钱钞。"

杏花落上了身躯，
夜半的寒风正过墙隅。
"王家姐姐怕凉了。
我们尽站着岂非大愚？"

他跟在女郎身旁，
时时听到窸窣的衣裳；
女郎鬓边的茉莉，
时时随了风送过清香。

他故意脚步俄延，
唯愿这人家远在天边，
一百年也走不到——
不幸她的家已在眼前。

一声多谢进了门，
他们正要分开的时辰，
　她转身又谢一眼——
哎！这一眼可摄了人魂！

　一团热射进心胸，
脸上升起了两朵绯红——
　等到他定睛细着，
女郎已经是无影无踪。

　他慢腾腾地走开，
走不到三步，头又回来；
　仆人彼此点头笑，
只在他两边跟着徘徊。

　"女郎呀，你是花枝，
我是一条飘荡的游丝，
　只要能黏附一刻，
就是吹断了我也不辞。

要说是你真有心，
为何你对我并不殷勤？
　要说是你真无意.
为何眼睛里藏着深情？

　可恨呀无路能通，
知道哪一天可以重逢？
　牵牛星呀，我妒你，

我妒你偷窥她的房栊！"

　　"少爷，四边没有人，
你的这些话说给谁听？
　　天都亮了，回去吧，
你听东方业已有鸡鸣。"

二

时光真快，已到梅雨期中：
阴沉的毛雨飘拂着梧桐，
一夜里青苔爬上了阶砌，
卧房前整日的垂下帘栊。

稀疏的檐滴仿佛是秋声，
忧愁随着春寒来袭老人；
何况妻子在十年前亡去，
今日里正逢着她的忌辰。

十年前正是这样的一天，
在傍晚，蚯蚓嘶鸣庭院间，
偶尔有凉风来撼动窗槅，
他们永别于暗淡的灯前。

他还历历记得那时的妻：
一阵红潮上来，忽睁眼皮，
接着喉咙里发响声，沉寂——
颤摇的影子在墙上面移。

三十年的夫妻终得分开，
在冷雨凄风里就此葬埋；
爱随她埋起了，苦却没有，
苦随了春寒依旧每年来。

还好她留下了一个女娃，
晶莹如月，娇艳又像春花；
并且相貌同母亲是一样，
看见女儿时就如对着她。

虽然貌美，并不鄙弃家常，
光明随了她到任何地方：
好像流萤从野塘上飞过，
白蘋绿藻都跟着有辉光。

他因为是武官，并且年高，
一切的文书都教她捉刀：
这又像流萤低能趁磷火，
高也能同星并挂在青霄。

她好比柱子支撑起倾斜，
有了这女儿他才少苦些，
不然他早已随了妻子去，
正这样想时，门口一声："爹，

信写成了。爹怎么又泪悬？
老人的情绪经不起摧残。

爹难道忘了娘临终的话？
爹苦时娘在地下也不安！"

"咳，娇儿，泪不能止住它流；
你来了，我倒宽去一半愁。
信写成了？拿过来给我看。
是军事，立刻要差人去投。

唉，为这个我忙到六十余，
但至今还是名与利皆虚；
只瞧着一班轻薄的年少，
驾起了车马，修起了门间。

如今是老了，好胜心已无，
从前年少时候胆气却粗，
那时我常常拍着案高叫：
　'我比起他们来那样不如？'

她那时总劝我别得罪人，
总拿话来宽慰，教我小心——
咳，人已去了世，后悔何及？
当时我竟常拿她把气平！

等我气平了向她把罪赔，
她只说：'以往的事不能追，
雷呀，脾气大了要吃亏的，
我望你今天是最后一回。'"

女儿说："这种时候并不多，
爹何必为它将自己折磨？
听说当时娶娘来很有趣，
爹向我谈谈到底是如何？"

光明忽闪出深陷的眼眶，
老人的目前涌现一女郎，
他那时正年少，箭在弦上
从空中射落了白鸽一双；

养鸽的人家对他表惊奇，
没有要赔，并且毫不迟疑
把喂这一双鸽子的幼女，
嫁给了射鸽子的人做妻。

他想起了闺房里的温柔，
想起了卅年的同乐同忧，
想起了妻子添女的那夜，
他多么喜，又多么为妻愁。

这些他都说给了女儿听；
他还说当初给女儿定名，
争了大半天才把它定妥，
因为他的意思要叫昭君。

他又说："娘生你的那一天，
梦见一只鸾在天半蹁跹，
西落的太阳照在毛羽上，

青中现红色，与云彩争鲜；

颈上有一个同心结下垂，
是红丝打的，她一面高飞，
一面在空中啭她的巧舌，
那声音就像仙女把箫吹。

忽然漫天的刮起一阵风，
把鸟吹落在你娘的当胸，
她大吃一惊，从梦里醒转；
便是如此，你进了人世中。

你小时无人见了不喜欢，
抓周时你拿起书同尺玩.
我最爱你那时手背的凹.
同嘴唇中间娇媚的弓弯。

到五岁上娘就教你读书，
真聪明，背得一点不模糊。
我还记得在灯檠的光下，
你们母女同把诗句咿唔。

你娘同我们撒手的那时，
你才九岁，还是一片娇痴。
唉，那刻妻子去了孩儿小，
我心中的难受哪有人知！

从此只留下父女两个人，

同受惊慌，彼此安慰心魂，
幸喜三载前你年交十六，
已能帮曹姨把家务分承。

知名的闺秀古代也寥寥，
武的只有木兰，文的班昭；
但是谁像你这般通文墨，
家中的事务也可以操劳？

担子这般重总愁你难驮，
我已请了一个书吏，姓何，
从明天起你就可以停下，
免得光阴都在这里消磨。

你如今已到待字的年华，
男大须婚，女大须定人家。
门户不谈，人品总要端正，
但一班的少年只见浮夸。

武职是大家轻视的官差，
几时看见媒人上我门来？
不管你才情，也不管容貌，
钱，你有了钱别人就眼开。

你身上我决不放松一些，
我不情愿你将来埋怨爹，
我要寻配得上你的佳婿，
文才不让你，人也要不邪，

我无时不将此事记在心，
我常常记着你娘的叮咛，
她说：'我们只生了一个女，
这个女儿别配错了婚姻。'

你是明白的，总该会思量，
这桩事我正想与你相商：
不知道我家的亲戚里面，
可有中你心意的少年郎？"

她听到这些话十分害羞，
只是低下颈子来略摇头，
答道："爹，不要再谈这些话，
除了侍候爹我更无所求。"

"也真的：拿你嫁这种人家，
就好比拿凤凰去配乌鸦。
我何尝不情愿你在身侧——
总得找人来培养这枝花。"

"女儿也看过些野史诗篇，
无处不逢到薄命的红颜，
何况爹老了，又孤单的很，
我只要常跟在爹的身边。"

一颗颗的泪点滴下白须，
他哽咽着说："娇儿，你太迂。

你年纪大了，我怎能留住？
只望你们别将我弃屋隅。"

房里寂然，只闻父女同悲；
疏疏的春雨轻洒着门扉，
不知是湖边，还是云雾里，
杜鹃凄恻的叫过，不如归！

三

南风来了，梅雨驱散，
　　天的颜色显得澄鲜，
绿荫密得如同帷幔，
　　蝉声闹在绿荫里边，
太阳把金光乱洒下人间。

麦田里边翻着金浪，
　　四周绕着青的远峰，
鸟在林内齐声歌唱，
　　豆花的香随了暖风，
吹遍了一片田野的当中。

乡下的原野越热闹。
　　坡中的庭院越清幽：
一树浓荫将它笼罩，
　　竹帘上绿影往来游，
只偶尔有蜂向窗槅上投。

从房顶的明瓦里面

　　偷下来了一条日光，

这条日光移得真慢，

　　光中群动无声的忙；

幽暗里钻出来一缕炉香。

书案边静坐着女郎，

　　一阵困倦侵入胸内，

幻影在她前面飞扬，

　　水在壶中单调的沸，

暖风轻轻拂来，催她入睡。

忽听得男子的脚步，

　　她忙把已落的头抬；

她想起父亲的嘱咐，

　　忙把已闭的眼睁开，

替他的书吏是在今天来。

她瞧见书吏的模样，

　　不觉心中暗吃一惊，

这正是灯节的晚上

　　把她救了的少年人！

她迟疑的问道："尊姓大名？"

"我的名字是何文迈。"

　　"这口音与那晚正同！"

　　她见仆人走出房外，

　　　不觉腮中晕起微红，

但在外面还假装出从容。

她等书吏坐下，问道：
　　"周家公子是个贵人，
　为何把富与贵扔掉，
　　不肯在侯府做郎君，
卑躬屈节的来光降蓬门？"

　"既知道了何必遮掩？
　　这都是为你呀，女郎。
　我自从那夜里相见，
　　回了家后饮食俱忘。
我连做梦都想着来身旁。

形骸看着消瘦下去，
　精神一天弱似一天。
不见时活着觉无趣；
　如今见了才像从前。
女郎呀，你总该可以垂怜？"

　"公子这样家中跑出，
　　难道是忘记了爹妈？
　说不定他们正在哭，
　　急得把天呼，把发抓，
怕公子去世了，永不回家。

又难道忘记了身份？
　书吏的事情作得来？

竟为女子荒废学问，
　　把无量的前程扔开？
回去罢，请别在这里延埋。

我不是公子的朋友——
　　可恨我生来是女身。
可怕呀，悠悠的众口。
　　何况我要侍奉父亲。
回去罢，请别在这里留停。"

"教我离开未尝不可，
我不愿使你担恐慌：
但我不见得能多活，
　　到那时万一我死亡。
即非有心呀你岂不悲伤？

死去了也未尝不好，
　　只要你珠泪为我流；
然而活着岂不更妙？
　　女郎呀，别转过双眸。
除了相见外我别无所求。"

他见女郎一声不应，
　　知道她已经不留难，
这不作声便是默认，
　　他真说不出的喜欢。
他问道："我来府上的时间

以为先与令尊相见——"

　　"从前我替爹管文书；
侥幸今天卸了重担，
　　从此我不须费功夫，
再来这面书房里把鸦涂。"

"原来姐的文墨也妙，
　　那我真要拜作先生：
我自然不敢当逸少，
　　但姐真不愧卫夫人。
请容我永远拜倒在师门。"

　　浅的笑涡呈在双颊，
　　她说不出来的娇羞。
他们都觉得没有话，
　　都向窗外转过了头，
他们望蛛丝在日光里游。

　　他们瞧见一双蝴蝶，
　　忽高忽下，追着游嬉。
飞得高，便上了蕉叶；
　　飞得低，便与地相齐。
只可惜不闻它们的笑啼。

　　她转身望周生一眼，
　　不料周生正在瞧她；
绯红晕上了她的脸，
　　心中懊悔事情作差，

匆匆的出了房，推说绣花。

他望着女郎的后影，
　　女郎的罗袜与金钗。
　他的心中又喜又闷——
　　闷的是何时她再来，
喜的是情已进了她胸怀。

四

巧夕已经到了夜半.
　　王娇还在倚着楼窗。
她抬头，见双星灿烂；
　　低头，见叶里的灯光。

杨柳枝低下头微喟，
　　幽静里飘过一丝风；
偶听到鱼儿跃池内，
　　沉寂将她催进梦中。

她梦见天孙是自己，
　　面对着汹涌的银河，
河的两头连到云里，
　　时有流星落进洪波。

一座桥横跨在河上，
　　白石地，檀木的阑干。
喜鹊在桥楼上欢唱，

一盏红灯悬挂楼前。

心在胸口蓬蓬的跳，
　　她要知道牛郎是谁。
她依稀听得有牛叫，
　　她打开南向的窗扉。

远方不是一团黑影？
　　近了，近了，还是模糊。
等到形貌依稀可认，
　　她不禁失了声惊呼，

"这不是——""是我呀，小姐。
　　我便是小姐的春香，"
她睁眼见丫鬟，并且——
　　周生也当真在前方！

"春香，这是醒呀是梦？"
　　春香不答，只是嘻嘻。
她再看周生，也不动，
只是不安的把头低。

闪电般她恍然大悟，
　　心在胸中又跳起来；
惊慌，懊恼，羞惭，愤怒，
　　同时呈上她的双腮。

她把丫头严加申斥，

说她不该引进生人；
　她又责周生不老实，
　　责他是轻薄的书生。

她说："我当初是怜惜，
　　不料如今你竟忘怀。
我的为难你不思及，
　　你竟任性进我房来。"

丫鬟挨了骂，噘起嘴，
　　"这都是你闯祸，少爷。
如今好了：唉，我的腿
　　到明天一定要打瘸。"

周公子也埋怨丫头：
　　"谁教你说姑娘有意？
不然，我怎会来绣楼？
　　你真能忍心将人戏。"

"我的言语哪句不真？
　　谁向你这种人撒谎？
去罢，去罢。如今怨人，
　　是假的当初怎不讲？

瞧，瞧，你又不肯下楼。
　　瞧那尊容上的怪相。"
"不，不，我要问清原由
　　免得姑娘说我轻荡。

不用忙。你先将气平，
　话是真的不妨再说。
我问你：姑娘可有心？
　我可是冒昧来闺阁？"

一则埋怨小姐乔装，
　二则恐慌已经过去，
这丫鬟又开始唠叨，
　她把从前的事详叙：

"小姐，你已经忘记掉：
　那早晨我替你梳妆，
你一边拿着铜镜照，
　一边瞧镜里的面庞。

你问我，眼睛没有转，
　'春香，你瞧我该配谁？'
我说'师爷，可惜穷点。'
　你红着脸一语不回。

一晚我从床上滚下，
　正摸着碰疼了的头，
忽然听到你说梦话，
　别的不闻，只听说，'周……'"

如今是轮到她羞涩，
　轮到她红脸，把头低；

但是丫鬟不顾，续说：

　　"我从那时起就心疑。

直到今天听见他讲，

　　才知小侯爷作书班，

才知何文迈是撒谎；

　　到了今天我才恍然，

到了今天我才知悉，

　　为什么有时你睡迟，

一个人对着灯叹息，

　　手里拿着笔写新诗。"

女郎听着，又羞又恼，

　　呵丫头，"还不去后房！"

但是同时又改口道，

　　"等在这里，我的春香。"

　　"我还是先去后房睡：

　　省得明早又像从前，

你起床了，朝着我啐，

　　'瞌睡虫，别尽着贪眠！'"

房中只剩他们两个。

　　她垂下头，身倚窗棂；

他的胸膛几乎胀破，

　　惊慌充满了她的心。

他定了神四下观望，

　　瞧见蜡烛只剩残辉，

瞧见睡鞋放在椅上，

　　瞧见垂下了的床帷。

偶有灯蛾想进窗内，

　　静中只闻心跳蓬蓬。

鸭兽与脂粉的香味

　　时时随风钻进鼻中。

他推窗，见双星在空；

　　闭窗，对娇羞的美人。

她依然站着，没有动，

　　但是觉到他的微温。

五

王娇的妆楼还在开着窗，

　　中秋夜里将阑的月色，

　　　照见一双人倚在楼侧，

楼板上映着窗影的斜方。

空中疾行过浑圆的月球；

　　银雾里立着亭台花木，

　　桂树的影在根旁静伏，

桂花香到深夜分外清幽。

女郎怕冷，斜靠着他的肩，

温热与情在她的胸内，
　　眼睛半开半闭的将睡，
如梦的情话响在他耳边。

"你已经累了，"他说时侧身，
　　把她如绵的身躯抱起，
　　转身时候忽见房门启，
门缝后探进来一个女人。

他惊得放下了女郎，"是谁？"
　　她也立刻从梦中醒转，
　　"曹姨来了！时间这么晚……"
没有说完，她的头已低垂。

公子也红着脸，不敢抬头。
有一桩事令他最难过，
　　就是，女郎并不曾做错，
但如今为他的缘故蒙羞。

反是曹姨先向他们开言：
　　"当时我瞧着心里奇怪，
　　果然不出我的意料外。
但请放心，我所以来这边，

不过是有点替娇儿担惊，
　　因为这样终归不是了。
　　万一事情被父亲知晓，
年老的人岂不加倍伤心？

你们两个真是女貌郎才，
　难怪娇儿向来不心动。
　遇到周公子也入了瓮，
公子也扔了家来做书差。

不用瞧：你们的这段姻缘
　我是从春香处打听到。”
　说到这里，她就开玩笑：
"我的痴儿，你怎能将我瞒？"

春天我常看见你倚楼窗，
　手弄绿珠串般的杨柳；
　举目呆望着白云流走，
一刻又支腮，俯首看鸳鸯。

夏天我见你比前更丰腴，
　你的面庞荷花样饱满，
　你的颜色荷花样娇艳，
但对着南风常听你轻吁。

秋天高了，你也跟着长高，
　你的双乳隆起在胸上，
　你像入秋更明的月亮，
但已无春天雾里的娇娆。

你怎能瞒过我，痴的女娃？
　我今晚来想把你们劝。

我并不是要你们分散，
但是我劝周公子快回家。

回家后却不要将她丢开——
　瞧你这人倒不像心狠。
你须把详情向父母禀，
立即请媒人上我家门来。

你失踪了，一定急坏爷娘。
　自家的孩儿既然顾惜，
　（娇儿又是受你的威逼，）
想必不会害人家的女郎。

娇儿，你淑妹正少些嫁衣，
　你的针黹好，我要奉托
　你替她缝些；等你出阁，
她自然也能帮着你做齐。

我去了。你们望一夜月圆。
　到明天却不要愁它缺：
　只要你们的相思不灭，
教圆月重辉并不算为难。"

如今还是他们俩在房中。
　稀疏的柳影移上楼板，
　柝声在秋夜分外凄惨，
从园里偶尔吹进来冷风。

她眼眶中含着泪珠晶莹，
　　她靠在周生肩上微抖，
　　　"两人的恩爱从此撒手？
难道我七夕做的梦当真？

唉，牛郎同织女虽然隔河，
　　还能每年中相逢一面；
　　我们怕从此不能再见.
孤零的，我要从此做嫦娥。

我如今只觉得一片心慌。
　　唉，我的一生从此断送！
　　爹爹知道了岂不心痛？
到了那时候我作何主张？"

　"娇，你以为我会那般薄情？
　　我可以当着太阳赌咒，
　　将来决不把你抛脑后。
你们作证呀，过往的神明！"

　"你千万不要以为我生疑。
　　我知道你对我是相恋。
　　但你的双亲作何主见？
万一他们要你另娶佳妻？"

　"娘疼我，父亲却一毫不松，
　　但我要发誓非你不娶；
　　万一他逼我更改主意，

我就要私逃来你的家中。

我要向岳父将一切说明，
　　将过错揽来我的身上。
　　那时我们便能长偎傍，
不愁别，也不须吊胆提心。

你瞧月亮已经落下西山，
　　铜盘里盛满红的烛泪，
　　知道要何时才能再会？
娇呀，别尽着在窗侧盘桓。"

六

晓秋的斜阳照在东壁上；
墙阴里嘶着秋虫的声浪；
枯枝间偶尔飘进一丝风，
把剩余的黄冲吹落院中。

王娇的胸中充满了悲哀，
她是从姨妹的婚礼回来。
她记得昨夜锣鼓的铿锵，
花香与粉气弥漫了全堂，
宫灯的闪烁——但化成轻烟，
飘入了愁云凝结的今天。
记得辞别新人的归途里，
父亲把她出嫁的事提起，
她忍不住在车里哭出声。

父亲不知道她已有情人，

也不知道她已经怀了胎，

尽等周公子总是不见来，

昨天派孙虎去侯府找他，

不知道今天可能够回家。

万一他被逼或是变了心，

她拿什么见爹爹与六亲？

但她的父亲不知道这些，

只是将坐骑靠近她的车，

"小娇呀，你的心我也深知，

我决不让你耽误了芳时。"

他还另外拿了些话安慰，

哪晓得更勾起她的愧悔。

到家后又提起她的亡母。

重数父女同尝过的辛苦；

不知她多一重苦在心头，

想开口又不能，只是泪流。

她不情愿父亲过于伤心，

出了书房，如今走过后庭。

但是院中的房已经空虚，

因曹姨搬去了婿家同居。

她一边走，一边想起当初，

曹姨中年守寡，家无寸储；

她还记得曹姨来的那天，

她正在掐染指甲的凤仙，

看见曹姨带着一个女娃，

有三岁，她忙跑去告诉妈。

从此她有姨妹陪着游玩。

还记得有一次同放纸鸢，
都断了钱；她的飞进天空，
姨妹的落上了一棵青松。
甜美的童年便如此飞度，
直到四年后她的娘亡故。
是她亲眼瞧着姨妹长大，
是她亲眼瞧着姨妹出嫁；
但是她自己呢？怀孕在身，
孩子的爹还不知是何人！
她记起昨夜晚遇见曹姨，
低声问周家已否来聘妻。
她要不是瞧着宾客满堂，
真想抱起曹姨来哭一场。
她瞧周生并不像负心汉，
但为何一月来音信俱断？
最伤她心的是对不起爹：
他一向知道女孩儿不邪，
才肯让她与男子们周旋，
在她也是向来处之泰然；
说也奇怪，唯独遇到周生，
她心里才头次种下情根。
灯节的相救，初夏的重逢，
夏日的斋内，巧夕的楼中，
来得又快又奇，与梦无异，
令她眼花缭乱，毫无主意。
这都不能怪她，这都是天。
她这样想时，已到了楼前。
她瞧见孙虎头扎着白巾，

在楼下，她不觉大吃一惊。

她晓得事情是吉少凶多，

不觉浑身之上打起哆嗦；

但在外面还不露出悲哀，

只教孙虎悄悄跟上楼来，

把一切详情说与她知道。

他的头打破了，是和谁闹？

周公子父亲的意思怎般？

他从怀内拿出一只玉环，

交给她，说道："小姐还要听？

不怕听到了我的话伤心？

那么我就讲。昨天的上午

我拜别了姑娘去到侯府，

没向门房说是小姐所差，

只说是王家少爷派我来，

有紧急的事要当面见他。

他瞧见我的时候，惊呼，'呀，

是你！'他把当差遣出书房，

重新向我说：'你家的姑娘

好吗？我这一向因为事多——'

"哼，什么事！不过是讨老婆。"

王娇道，"什么？""小姐别伤心，

这负心汉已经另娶了亲。

我当时真气，说：'你问自己，

她好不？小姐哪桩辜负你，

你居然能够忍心把她抛，

消息毫无，使她日夜心焦？

你自己问良心，这可应该？

今天是她差我上贵府来，
问问你没有消息的缘由。'
他听到说，假装皱起眉头，
唉声叹气，连我都当是真，
他说：'想不到天意不由人。
我自从离开府上回了家，
一心指望即日娶过娇娃；
哪知道我的父亲不允许。
他说，一个小武官的闺女
怎么同我的儿子配得来？
这给人听到嘴不要笑歪？
并且这女孩子本来轻佻，
不是她抛头露面的招摇。
我的儿子怎会陷入网中？
那父亲也未免家教太松，
不算小户了，却无个内外；
如今好了，女儿为他所害。
我决不情愿被叫作糊涂，
何况我家祖上受过丹书，
我决不让儿子这样成婚，
被人家传出去当作新闻。
娘，她见我回了家，真喜欢，
并且女子的心肠软似男，
她总劝父亲顺我的意思。
他与娘不知闹过多少次。
我知道他的心无法可回，
就趁了一晚风呼呼在吹，
偷着翻过花园想逃出去。

哪知正翻时与更夫相遇。
更夫怕我逃了，父亲治他，
连忙把我的两条腿紧抓，
任我百般哀求，都不放松。
他把我送回去了书房中，
在书房外守了一个通宵，
怕我得到旁的空又偷逃。
第二天早上他禀知父亲，
父亲听到时候，大发雷霆，
亲自拿棍子打了我一顿，
教两个当差的将我监禁，
并且教他们日夜里巡逻。
他一面又派人去找媒婆，
打听哪个官府里有姑娘。
唉，我被两个人监在书房，
就是想偷跑也无路可通，
况且父亲拷打得那般凶，
你想除顺从外有何方法？’
　‘只怪我家小姐当时眼瞎，
认识了你这个负心的人，
使得她如今进退都不能。’
　‘把气平下，让我们慢慢谈，
瞧可有方法打通这难关。’
　‘想方法？那还不十分容易？
你当时既有偷逃的胆气，
现在何不也一逃以了之？’
　‘唉，你晓得如今不比当时，
如今我已娶了妻子在家，

我跑了时如何对得起她？'
我一听不由得气满胸膛，
大声叫道，'那么我家姑娘
你对得起吗？'他说：'你息怒。
我也并非愿意将她辜负，
只不过父亲的严命难违。
已往的事如今也不能追，
让我们想可能亡羊补牢。'
说着话，他找出黄金十条，
'这送你家的小姐作妆奁；'
他同时又把手探进胸前，
拿出我交给小姐的玉环，
'这是她送我的，如今奉还。
你向她说我是无福的人.
只望她嫁一个好的郎君。'
'什么！你把我家小姐丢开？
那么当时谁教你骗她来？
这玉环是她的，我要带回，
免得宝物扔上了粪土堆。
谁稀罕你的金子，真笑话！'
我气得把它们扔在地下，
'我孙虎都不稀罕这黄金，
何况我家小姐金玉为心？
别的不提，骗了我家姑娘，
一切纠葛就要由你承当。
现在她腹中已经有了喜，
她在家一天到晚的候你，
候你去认为这孩子的爹。

你难道良心都没有一些，
能够坐着看她被别人羞，
看她下水，你不肯略回头？'
　'娶她过来做妾，你瞧怎样？
听到此，我的气直朝上撞，
　'什么！你敢污辱我家千金？
我今天要舍了命同你拼。
你这畜生！我家老爷的官
虽然不大，也是朝廷所颁，
我家小姐怎与人做偏房？
我孙虎也吃过皇家的粮，
这口气教我如何忍得下？'
我一边这样的把他大骂，
一边要捶他。那怯汉高呼，
　'张千，张千，快抓住这强徒！"
呼声惊动了房外的当差，
他连忙入内把我们挡开。
我冲了几次都没有冲过，
反被那厮把我的头打破。
唉，年纪老了，什么都不中用。
要像当年那般破阵冲锋，
不说一个，十个我也打翻；
我早抠出那小子的心肝，
一把抓过来献上给小姐，
教人知道王家并不好惹！
唉，年纪大了，什么都不行。"
说到此，他的泪落满衣襟，
　"唉，老爷立下过多少功劳，

都是因为他的生性孤高，
不肯弯下腰去阿附上司，
才这样穷，但他毫无怨辞。
想不到虎落平阳被犬欺，
姑娘又遇到这个坏东西。
并且他是我头次引来家，
我恨不得一把将他紧抓，
撕成两片，心里面才痛快。"
老仆人这时汗迸出脸外，
一根根的筋在额角紧张，
光明发射出已陷的眼眶，
喉咙里呼噜的尽作响声，
愤怒如今充满他的灵魂。
王娇一语不发，只是流泪，
她抬起了已经垂下的头，
颤声的说："你不须将气动，
与这班人动气也不中用。
你的头新破，经不起悲伤，
歇歇去罢。这回累你多忙。
等到你的头休养好了时，
我们再商量办法也不迟。"
女郎呀，你何尝要想法来？
你不过是将老仆人支开，
怕他年纪大，经不起伤心。
你已将自家的命运看清：
你如今知道了那个兆头
何以有红丝缠绕在咽喉，
你如今知道了那同心结

你因之而生，也因之而灭。
看那：墙头已不见太阳光，
只有些愁云凝结在苍穹；
主宰这人间的换了黑暗。
我听到了你的一声长叹，
床头的窸窣，扣颈的声音，
喉中发过响后．便是凄清。
去了，去了，痴情逃上九天，
如今只有虚伪盘踞人间！

七

白烛摇颤着青色的光明，
女郎的灵柩在白帏里停。
黑暗与沉默笼罩住世界，
天空里面瞧不见一颗星。

春日的百花卷起了芳馨，
夏天去了，鸟儿不再和鸣；
辞了枝的秋叶入土安息；
河水在严冬内结成坚冰。

听哪，是何人手挽着亡灵，
在白帏后倾吐他的哀音？
哭声在夜里听来分外惨。
可怜哪，你这丧女的父亲！

更可怜哪，连哭都不成声，

因为他是六十开外的人，
只有一声声的抽噎发出，
表示他已经碎了的灵魂。

"娇儿呀，你竟忍心与我分？
现在更有谁慰我的朝昏？
这世间的事情说来奇怪：
要上了年纪的人哭后生！

娇儿呀，你何不说出真情，
只是闷着，一人受恐担惊？
都是我做父亲的害了你，
谁教我耽误了你的青春？

娇儿呀，我怕误了你终身，
才将你的事耽搁到如今；
娇儿呀，你不要埋怨我罢，
你要知道我已经够伤心！

妻子去了，女儿也已归阴，
我在人世上从此是孤零，
这样生活着有什么滋味？
等着罢，等我与你们同行！"

回答他哭声的只有凄清。
灵帏上摇颤过一线波纹，
接着许多落叶洒上窗纸，
树枝间醒起了风的悲吟。

歌

谁见过黄瘦的花
累累结成硕果？
池沼中只有鱼虾。
不是藏蛟之所。
人不曾有过青春，
像花开，不盛，
像水长，不深，
不要想丰富的秋分！
太阳射下了金光，
照着花开满地；
春雨洒上了新秧，
田中一片绿意。
培养生命要爱情；
它比水还润，
比日光还温，
沾着它的无不茂生。

哭　城

（内战事实）

他想爬上城楼，向了四方
瞧瞧可有生路能够逃亡，
但是他的四肢十分疲弱——
长城！他不如鸟雀在苍苍
　　还能自在的飞翔。

他的身边已经没有余粮；
饿得紧时，便拿黄土填肠——
那有树皮吃的还算洪福——
长城！不要看他大腹郎当，
　　看他的面瘦肌黄！

无边的原野上烤着炎阳，
没有一围树影能够遮藏；
等太阳在你的西头落下，
长城！那北风接着又猖狂，
　　连你都无法提防。

筑城的人已经辛苦备尝，
筑城人的子孙又在遭殃……
你看罢，等我们一齐死尽。
长城！那时候你独立边疆，
　　看谁来陪伴凄凉！

如今你看不见李广摇缰，
看不见哥舒的旗帜飘扬——
与其后来看见胡人入塞，
长城！你还不如倒下山冈，
　　连我也葬在中央……

死之胜利

（为杨子惠作）

死神端坐在艘木的车中；
车前有磷火在燃着灯笼；
白马无声的由路上驰过，
路边是两行柏树影朦胧。

　车中坐着那庄严的女神；
　两个仙女在旁。手捧玉瓶，
一只瓶有泪水贮在中央，
一只是由奈河舀的水浆。
冬青与白杨满插在瓶内，
黑斑的蝴蝶在枝上飞翔。

车子停下了在一座庙前。

庙宇便是生之神的香姻；
殿角上的风铃叮当在响——
除开了这声息，一切安眠。

　殿上的琉璃灯，光亮稀微，
　　映着，炉姻之内，神隐黄帏，
四根大理石的柱子丛隆；
柱上雕刻着有力的苍龙，
寿的玄龟以及爱的丹凤，
麒麟象征的是德行尊崇。

"死神，你的来意我已深知；
有一个诗人命尽于此时——
那华少翩翩你竟不怜惜；
他今天的死限不能改迟？"
　"注定今天死的莫想俄延；
　　阴司之内不曾有过明天。"
"人生之宴他还没有品尝；
也没有逢迎衷曲的女郎；
他的亲戚，友朋都在人世……
冷清清的，教他怎去冥乡？"

"人生之宴！我问，宾客是谁？
你看，豪土，贤人栖腹而归；
只有猛虎，肥猪嚼在堂上……
不应招的倒还免得身危！"
　"他的访才已经开放花苞，
　　可以结成果了，再去阴曹——"
"没有诗篇不是充满苦辛；

世间最多感的正是诗人。
与其到后来听他诅咒你，
何不放他现在入了坟茔？"

"固然，生并不美满像天堂；
比起死之国来，它总远强——
它有热的阳光；温暖的爱；
作对的莺儿啭弄着笙簧；

飞蛾迷恋着灵芝的烛花；
蜜蜂在花海内整着排衙；
雨天，唤着求匹配的斑鸠；
五彩衣的雉鸟飞过陇头；
绵羊欢乐得拿角尖相触；
鹿引着雌鹿在林中遨游。"
"树的浓荫只是等着秋风；
镰刀在谷田上闪过钢锋。
河水入江，江水流入东海——
芸芸的众生奔赴去冥中。

生好像晚霞，那光彩，新鲜，
不到多时，便将灭没西天……
那黑衣的夜神与我无殊，
她降临时，众生入梦鼾呼——
一旦，星作灯光，乌云作被，
他们要长眠在我的幽都。

奈河里是烟膏色的水波
迟缓的流动，像汇漆成河；
一片天空总是半明半暗；

骸骨般的草竖竖立斜坡。

　　在这河边，世人贵贱皆忘，

　　乞丐之前，泰然卧着君王；

元宝乱堆在富豪的身边，

贱在一旁，并不思想那钱，

他们知道，在其园之境内，

无用场的财宝不抵安眠。

诗人来的道路各自不同；

今天这个少年任他去从——

叹息华事鹤唳的人，陆机，

他与谢朓是枭首在市中；

　　饭颗山的杜甫终世饥荒，

　　白酒，黄牛，一朝胀得身亡；

屈原，挟着枯荷叶的衣衫，

涌身投入汨罗江的波澜；

李白，身披锦袍，跨在鲸背，

乘风破浪，漂去了那‘三山。’”

大柱之间忽然现出疫神——

如柴的骨架上盘着青筋；

手握赤蛇；肩上一个黑袋；

惨绿色的光辉闪在周身。

　　疫神与死神并立在殿堂；

　　依稀有一黑影来了身旁……

黄色的帏幔间扬起轻风；

有一声叹息低，灭入虚空。

铜炉里，香烟舒徐的上袅；

琉璃灯的火入定在微红。

悲梦苇

像一声鸟鸣，
在月如银的夜间，
低，啼过幽谷，
高，叫在云边；
远空是你的家，
哀音受自苍天——
不说眠了众生，
有谁听你发歌声；
就是鸦雀在枝头谛听呀，
　孤鸟，
你也怎么留连？

恳 求

天河明亮在杨柳梢头，

隔断了相思的织女，牵牛；

　　不料我们聚首，

　　女郎呀，你还要含羞……

　　好，你且含羞；

一旦间我们也阻隔河流，

　　那时候

　　要重逢你也无由！

你不能怪我热情沸腾；

只能怪你自家生得迷人。

　　你的温柔口吻。

　　女郎呀，可以让风亲，

　　树影往来亲。

唯独在我挨上前的时辰，

低声问，

你偏是摇手频频。

马缨在夏夜喷吐芬芳，

那浓郁有如渍汗的肌香，

连月姊都心痒，

女郎呀，你看她疾翔，

向情人疾翔——

谁料你还不如月里孤孀。

今晚上

你竟将回去空房！

祷　日

是曙光么，那天涯的一线？
终有这一天，黑暗与溷浊
退避了，那偷儿自门户前
猛望见天之巨日而隐匿
去他的巢穴；由睡梦中醒
起了室中的人，行人郊野，
望闳伟的朝云在太空上
建筑黄金的宫殿，听颂歌
百音繁会着，有如那一天，
天宫上，在光轮的火焰内，
凤凰率引了他们，应钟鼓
和鸣？

　　这真是曙光？我们等，
曙光呀，我们也等得久了！

我们曾经看到过同样的
一闪，振臂高呼过；但那是
远村被灾，啼声，我们当作
晨鸡的，不过是"颠沛"号呼
于黑夜！这丝恍惚的光亮，
像否当初，只是洪水东来，
在起伏的波头微光隐约，
不仅祛除无望，且将挟了
强暴来助黑暗，淹没五岳
三川，禹治的三川？

　　　如我们
是夜枭，见阳光便成盲瞽，
唯喜居黑暗，在一切夜游
不敢现形于日光下之物
出来了的时候，丑啼怪笑——
望蝙蝠作无声之舞；青燐
光内，坟墓张开了它们的
含藏着腐朽的口吻，哇出
行动的白骨；鬼影，不沾地，
遮藏的漂浮着；以及僵尸，
森森的柏影般，跨步荒原，
搜寻饮食；披红衣的女魅
有狐狸，那拜月的，吸精髓
枯人的白骨，还要在骨上
刻画成寄异的赤花，黑朵，
作为饰物，佩带在腰腋间……
那便洪水来淹没了，我们

也无怨；因为丑恶，与横暴，

与虚伪，本是应该荡涤的。

但燧人氏是我们的父亲，

女娲是母，她曾经拿彩石

补过天，共工所撞破的天，

使得逃自后羿箭锋下的

仅存的"光与热"尚能普照

这泰山之下的邦家；黑暗，

永无希望再光华的黑暗，

怎能为做过灿烂之梦的

我们这族裔所甘心？

　　　　　　日啊！

日啊！升上罢！玄天覆盖着

黄地；肃杀的秋，蛰眠的冬

只是春之先导；漫漫长夜，

难道终没有破晓的时光？

如其是天狗……那就教羲和

惊起四万万的铜铙，战退

那光明之敌！

　　　　日啊，升上罢！

泛　海

我要乘船舶高航
　在这汪洋——
　　看浪花丛簇
　　似白鸥升没，
看波澜似龙脊低昂；
　　还有鲸雏
戏洪涛跳掷颠狂。

我要操一叶扁舟
　海底穷搜——
　　水黄如金屋，
　　就中藏宝物；
水蔚蓝蕴碧玉青璆；
　　沫溅珍珠；

耀珊瑚日落西流。

我要拿大海为家——
　月放灯花；
　碧落为营幕，
　流苏缀星宿；
绡帐前龙女拨琵琶，
　酗酒高呼，
任天风播人无涯！

幸　福

幸福呀，在这人间
向不曾见你显过容颜……
　唯有苦辛时候，
无忧的往日在心上回甜，
　你才露出真面，
说，无忧便是洪福——
等你说了时，又遮起轻烟。

　有时我远望天边，
向希望之星挣扎而前；
　一路自欣自喜，
任欺人的想象幻出凡间
　所无有的美满……
　到了时，只闻恶鸟

在荒郊里笑我行路三千！

　　何必将寿命俄延，
倘若无幸福贮在来年？
　　不过，未来之谜
内中究竟藏了什么新鲜，
　　有谁不想瞧见？
　　因此我一天有气，
一天也不肯闭起眼长眠。

镜　子

美丽拿装束卸下了，镜子
　　知道它是真的呢还是谎；
　　对着灵魂，它照见了真相，
照不见善，恶——人造的名词。

不响，成天里它只是深思
　　又深思……平坦在它的面上，
　　以及冷静，明白；不见往常
那些幻影，与它们的美，疵。

一个省城

江水已经算好了，喝井水的
多着呢。全城到处都是臭虫，
卑鄙的臭虫。最销行日本货，
价钱巧，样式好看。菜蔬与肉
比上海贵。夏天，太太们时兴
高领子……还不曾看见穿单袍
没领子的男人。通城的院子
有一个树木多——那是教会的
大学租用着圣保罗的旧址；
似到春天——想必真是
Spring fever——
定必要闹风潮。东门的城墙
拆了一半，还有一半剩下来；
城外有茅房，汽车站。

是前天立的秋；像大雨一样，凉风在树堆子里翻腾着。我凉瞪了，躺在床上，想起Havelock Ellis的Thc《Dance of Life》，恭维中国的古代，说那时知道艺术的来生活……这班外国人！他们专说几百、几千年来的腐话！

一阵早钟。

一声儿啼，由外边送了进来。我出了神靠在床上，思忖着。

动与静

在海滩上，你嘴亲了嘴以后，
便返身踏上船去开始浪游；
你说，要心靠牢了跳荡的心，
还有二十五年我须当等候，

热带的繁华与寒带的幽谧，
无穷的嬗递着，虽是慰枯寂——
你所要寻求的并不是这些；
抓到了爱，你的浪游才完毕。

在回忆中我消磨我的岁月；
火烧着你的形影，多么热烈！
不必寻求，你便是我的爱神；
供奉，祈祷他，便是我的事业。

雨

唯有从内地来的到如今
才看见"虹"。

　　　　正式的在落雨。
为了买皮鞋油的缘故，我
走过去了四川路桥。

　　　　　　车辆
形成的墙边，有竹篱围着
一片空地；公司竖了木牌，
指明新屋所移去的地点。

没有尾声的喇叭唤过去。
雨落上车顶，落上千佛岩
一般的大厦。它没有沾湿
那扭腰身的"贾四"；那灯光

也仍旧贴了白磁在蜷卧。

如今已是七年了……梅怎样？

那一套新衣裳总该湿了……

风推着树

风推着树。
　像冬天
一片波涛
　　在崖前。

吼声愈大。
　树愈傲——
风推不断
　质地牢。

枝干盘曲
　像图画……
寒带正是
　它的家。